Hans Magnus Enzensberger
Verschwunden!

Mit Zeichnungen von Jonathan Penca

Insel Verlag

Insel-Bücherei Nr. 1998

Verschwunden!

Für Theresia,
die natürlich nichts dafür kann.

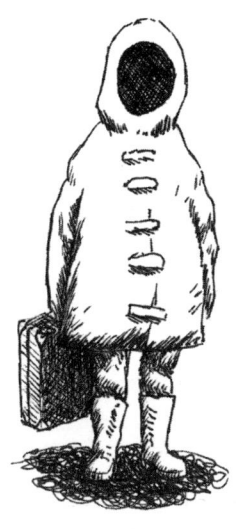

I

Theresia war neun, als sie zum ersten Mal in die Sommerferien zu den Großeltern fuhr. Ihre Mutter hatte ihr einen kleinen Beutel mit der Fahrkarte, dem Geld und dem Ausweis um den Hals gehängt, was ihr gar nicht gefiel, aber dafür durfte sie endlich ganz allein reisen, mit einem herrlichen roten Lederkoffer, der ihr mit seinen Messingbeschlägen höchst elegant vorkam – ein Geburtstagsgeschenk ihres Vaters, auf das sie sehr stolz war.

Es regnete in Strömen, als der Bummelzug an der Endstation stehenblieb. Sie sah sich um, aber niemand schien sie abzuholen. Vor dem Bahnhof winkte ihr eine rundliche ältere Frau zu. Es war Anna, das Dienstmädchen der Großeltern. Auf dem Parkplatz wartete ein höchst eigenartiges Fahrzeug. Die ganze Frontseite bestand aus einer Klappe, die nach oben aufging. »Steig ein«, sagte Anna, »es ist Platz genug für uns beide.« Theresia zögerte. »Was ist denn das für ein komischer Karren?« – »Das ist meine Isetta«, erklärte Anna stolz. »Genau das richtige zum Einkaufen, auch wenn der Motor manchmal stottert.«

Der Weg führte durch ein Wäldchen in die Berge. Als sie vor dem Haus der Großeltern ankamen, war es schon fast dunkel. In der Familie wurde der Bau im Schweizerstil hartnäckig »die Villa« genannt. Mit seinen Türmchen und Giebeln und geschnitztem Balkon erinnerte er Theresia an einen Zeichentrickfilm mit Gespenstern, den sie im Heimkino gesehen hatte.

»Sauwetter!« schimpfte ihr Großvater, der ihnen die Tür öffnete, zur Begrüßung. Anna holte ein Handtuch, mit dem sie sich abtrocknen konnte. An der Wand hingen Hirschgeweihe, und es roch komisch, nicht nach Mottenkugeln, sondern nach Bohnerwachs. Die Wände waren mit dunklem Holz getäfelt, und in die Türen waren bunte Glasfenster eingelassen. Jakob, denn so hieß ihr Großvater, führte sie an einer schmiedeeisernen Garderobe und an einem wuchtigen Schrank vorbei ins Eßzimmer. »Setz dich«, brummte er und wies auf einen hohen, ledergepolsterten Stuhl. Stolz zeigte er auf ein Monstrum, das an der Decke hing. »Das ist eine Märchenlampe«, erklärte er. »Kennst du die Geschichten aus Tausendundeiner Nacht? Das sind Edelsteine aus Indien. So etwas findest du nicht in jedem Haus. Kannst du pendeln?« Theresia wußte nicht, was er meinte. »Ich zeig es dir. Du mußt dich unter die Lampe setzen, sonst geht es nicht.« Er holte ein spitziges Messinggewicht aus der Tasche, das an einem Faden hing. »Du hältst es über die Tischplatte, dann kreist es, so, und du wartest, bis es sich nicht mehr bewegt. Dann stellst du

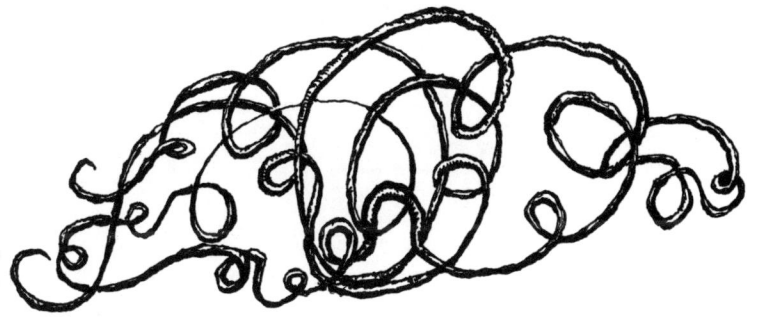

dem Pendel eine Frage. Wenn es von links nach rechts schwingt, heißt die Antwort Ja, wenn es kreist, heißt sie Nein.« Theresia wußte nicht, was sie fragen sollte. Außerdem kam ihr diese Zeremonie seltsam vor. »Bist du gerne hier bei uns?« fragte der Großvater. Sofort fing das Pendel an, wie wild zu kreisen. »Du machst es falsch, ganz falsch!« rief Jakob. »Ich habe das Pendel doch gar nichts gefragt«, entschuldigte sich Theresia. »Dann eben nicht«, sagte der Großvater ärgerlich und steckte das Pendel wieder in die Tasche.

»Und wo ist die Großmama?« fragte Theresia, die das Gefühl hatte, sie sei in einem Möbellager gelandet. »Die hockt wie immer in der Küche«, sagte Jakob. »Wally! Wally! Wir haben Besuch!« schrie er und klatschte in die Hände. Die Großmutter schlurfte herein. Walburga, so hieß sie, wenngleich niemand sie so nannte, sah aus wie eine alte Indianerin mit vielen Runzeln im Gesicht. »Da bist du ja! Wie war deine Reise? Hast du uns etwas mitgebracht?« Theresia deutete auf die Regale an der Wand, auf denen dicht an dicht gedrängt Engelchen, kleine Elefanten und andere Andenken standen, und antwortete verlegen: »Wir wußten nicht, was ihr brauchen könnt.

Meine Mama hat gesagt, ihr hättet gar keinen Platz mehr.«

»Unsinn«, brummte der Großvater. »Anna wird dich gleich nach oben bringen«, befahl der Großvater, »und du, Wally, gehst mit! Vergeßt den Koffer nicht!«

Über eine steile Treppe wurde Theresia in ein kleines, mit alten Möbeln vollgestopftes Zimmer unter dem Dach begleitet.  Dort sah es recht düster aus. Eine Leselampe gab es nicht, nur eine Glühbirne, die an einer Rosette an der Decke hing. Ihr Bett stand unter einer Schräge. »Da kommt man ja kaum hinein«, protestierte There-  sia. »Du brauchst keine Angst zu haben«, versicherte die Großmutter. »Ich schenke dir einen Apparat, der dich vor den Erdstrahlen schützt. Die gibt es leider in dieser Gegend.«

»Sind die gefährlich?« fragte Theresia, die von diesen Strahlen noch nie gehört hatte. »Und ob. Kopfweh und Schlaflosigkeit, das ist noch das wenigste, was sie dem Menschen antun. Hier, lies in diesem Heft. Da steht, daß sie im schlimmsten Fall sogar Krebs erregen können. Ich muß jetzt wieder in die Küche gehen. Ruh dich aus!«

Theresia warf nur einen Blick auf die Broschüre,

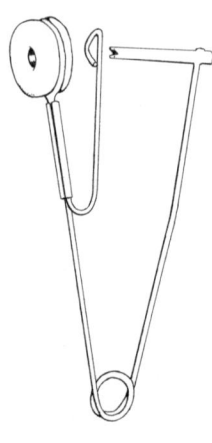

die ihr die Großmutter ans Herz gelegt hatte. Der Titel lautete: »Die weiße Fahne«, und was darin stand, war ziemlich merkwürdig. Sie war zu müde, um sich über die Erdstrahlen den Kopf zu zerbrechen. Sie legte sich auf ihr schmales Bett und schlief sofort ein. Es dauerte nicht lange, bis sie ein Dröhnen weckte, das im ganzen Haus zu hören war.

»Pünktlichkeit!« rief der Großvater die Treppe hinauf. »Das ist die Höflichkeit der Könige!« Widerwillig stand Theresia auf. Unten im Flur merkte sie, daß es ein großer Gong war, der sie aus dem Schlaf gerissen hatte.

Wie genau Jakob es mit den Mahlzeiten nahm, zeigte sich in den nächsten Tagen. Der Gong ertönte dreimal am Tag auf die Minute genau. Alle mußten am großen Eßtisch Platz nehmen, während Anna servierte, auch die schweigsame Tante Hulda, Wallys Schwester, die schon wochenlang zu Besuch war.

14

Der Großvater tranchierte den Braten mit einem silbernen Messer. Nur Wally aß nie einen Bissen. Sie brachte sich ein Kännchen Kräutertee aus der Küche mit, und manchmal löffelte sie einen undefinierbaren Brei, den sie selbst zubereitet hatte, aus einer Untertasse.

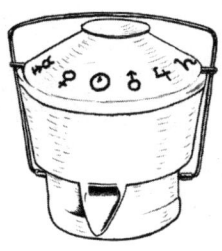

II

Am zweiten Tag entschloß Theresia sich, ihren Großvater zu fragen, was es damit auf sich hatte. »Weißt du«, sagte er, »deine Großmutter nimmt es nicht so genau mit dem Haushalt. Um die Wahrheit zu sagen: Sie ist eine Schlampe. Auf ihrem kleinen Schreibtischchen wirft sie alles durcheinander, alte Briefe und vergessene Rechnungen, angebissene Äpfel, Taschentücher und einsame Ohrringe. Im Nähtisch findest du Hustenbonbons, Briefmarken und Heftpflaster unter den Knöpfen. Und die Küche erst! Hast du bemerkt, wie eigentümlich es dort riecht? Alles, was vom Essen übrigbleibt, wirft sie in einen Topf und läßt es so lange köcheln, bis es ungenießbar ist. Du wirst sehen, manchmal kann man dieses Zeug beim besten Willen nicht herunterwürgen. Dann flüchte ich mich in den Roten Ochsen. Ich habe einen gesunden Appetit und lasse mich nicht aushungern. Du kannst natürlich gerne mitkommen.«

Theresia wußte nicht, was sie dazu sagen sollte.

»Und das ist noch lange nicht alles!«, fuhr der Großvater fort. »Deine Großmutter glaubt an Geister! Manchmal murmelt sie unverständliche Sprüche vor sich hin, als wäre sie verhext.«

Theresia fielen die Erdstrahlen ein, und vorsichtig fragte sie den Großvater, was er davon halte.

»Glaub ihr kein Wort«, schnaubte Jakob. »Weißt du, wo sie ihr Bett hingestellt hat? Früher stand es im Schlafzimmer, aber dort hat sie es nicht ausgehalten. Angeblich konnte sie nicht mehr schlafen. Sie klagte über Atemnot und Sodbrennen. Daraufhin hat sie einen Geistheiler kommen lassen, ein windiges kleines Männchen, das überall mit einer Wünschelrute herumgelaufen ist. Der hat keine Ruhe gegeben, bis sie sich ihr Bett in die Kammer hinter der Küche stellte, und außerdem hat er ihr einen schwarzen Kasten angedreht, der sie vor den Erdstrahlen schützen sollte. Seitdem schnarcht sie dort, wo wir früher alte Kommoden, Staubsauger, Pferdedecken und alte Lumpen abgestellt hatten, und sagt, mit dem Apparat unter dem Bett gehe es ihr viel besser.«

Theresia lief es kalt über den Rücken. Was war los

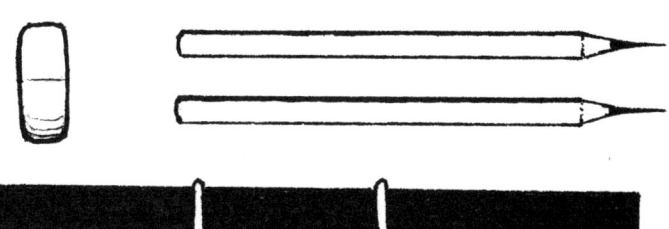

in diesem Haus? Wenn sie an die Dachkammer dachte, in der sie die nächsten Monate zubringen sollte, wurde ihr beklommen zumute. »Kümmere dich nicht um die Wally. Ihre fixen Ideen läßt sie sich von niemandem ausreden. Sie glaubt eben an übernatürliche Kräfte.« – »Und was ist mit dir? Du hältst dich lieber an dein Pendel.«

»Das ist etwas ganz anderes. Davon verstehst du nichts«, wies der Großvater sie zurecht. »Wenn man das Pendel richtig fragt, bekommt man auch die richtigen Antworten. Nur wer sich nicht darauf versteht, der bringt alles durcheinander.«

Theresia war zu verängstigt, um sich auf einen Streit mit ihm einzulassen. Sie wußte von ihren Eltern, daß der Großvater nicht nur ein ordentlicher Mensch war, sondern auch ein fürchterlicher Pedant. Seine Bleistifte zum Beispiel waren immer nadelscharf gespitzt, und sie mußten schnurgerade ausgerichtet auf der Tischplatte liegen, sonst war für ihn an Arbeit gar nicht zu denken. Eigentlich hatte er gar nichts zu tun, denn er war

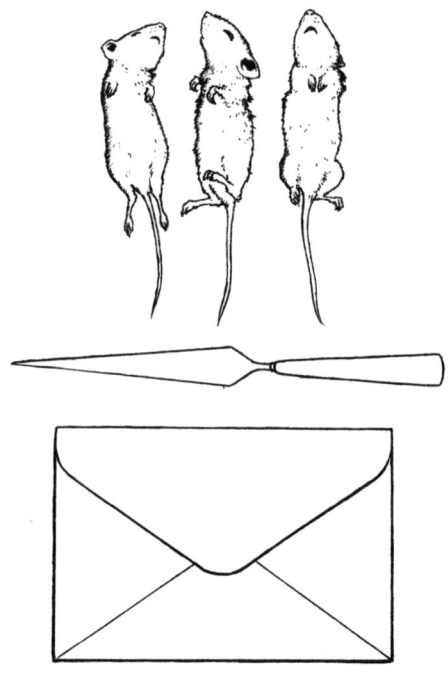

schon lange pensioniert. Aber an seinem großen
Schreibtisch im Herrenzimmer führte er fleißig
Buch über alles mögliche: den Verbrauch an Zi-
garillos, die Dauer seiner Sonntagsausflüge und
über sämtliche Mäuse, die der Hauskatze zum
Opfer fielen.

Einmal zeigte er seiner Enkelin ein schwarzes
Notizbuch. »Das ist mein Inventar«, erklärte er.
»Darin ist der ganze Hausstand verzeichnet. Und
hier ist meine Vermögensaufstellung. Ich habe

für den Notfall einiges zurückgelegt. Das wird eines Tages auch dir zugute kommen. Du sollst nicht nur eine Apanage für dein Studium bekommen, sondern auch mein großes Eichenbuffet und die Märchenlampe.«

»Was ist denn das, eine Apanage?« fragte Theresia, der bei dem Gedanken an das Möbel im Flur schauderte. »Das ist eine Summe, die dir Dr Schönhuber, mein Notar, jeden Monat überweisen wird. So steht es in meinem Testament. Ich werde mir doch nicht nachsagen lassen, daß meine einzige Enkelin darben muß.«

Daran, daß sie von ihren Großeltern etwas erben könnte, hatte Theresia noch nie gedacht. Sie wandte sich nicht an die Großmutter, sondern an die treue Anna, um Näheres darüber zu erfahren. »Um Gottes willen«, rief die. »Am besten ist es, du rührst nicht daran. Ich weiß nicht, wie oft er sein Testament schon geändert hat. Jedesmal, wenn der Dr Schönhuber kommt, gibt es Ärger.«

»Warum denn das?« fragte Theresia. »Ist es so viel Geld?« – »Das weiß ich nicht. Aber dein Großvater glaubt fest daran, daß eure Tante Hulda nur darauf wartet, daß er stirbt. Er sagt, er werde diese Schlange enterben. Das hört nun deine Großmutter gar nicht gern.« – »Meinetwegen«, antwortete Theresia, »kann sie alles haben.«

III

Kurz darauf kam es vor dem Abendessen zu einer Katastrophe. Plötzlich fragte der Großvater, mit der Rotweinflasche in der Hand: »Wally, wo ist mein Korkenzieher?« Theresia konnte nicht ahnen, daß er den größten Wert auf seinen persönlichen Korkenzieher legte, ein antikes Stück mit einem Mahagony-Griff und einem kleinen Pinsel daran, der dazu diente, den Staub von der Flasche abzuwischen. Irgendein anderer, gewöhnlicher Korkenzieher kam für Jakob nicht in Frage.

Natürlich mußten sich alle augenblicklich auf die Suche nach dem seltenen Stück machen: Anna, das Dienstmädchen, Theresia und die spindeldürre Tante Hulda. Sogar die Großmutter erhob sich seufzend, um in irgendwelchen Schubladen zu wühlen. Ihr Mann stand mit der Weinflasche zwischen den Beinen dabei und beobachtete vorwurfsvoll die Recherche.

Der vermißte Gegenstand war und blieb verschwunden. Zwar kamen nach längerer Suche zwei andere Korkenzieher zum Vorschein. Der erste, ein unförmiges Patent mit mehreren komplizierten Hebeln und Schrauben, fand sich in einer Wäschekommode unter den Servietten, der andere, der an einem Schweizer Taschenmesser hing, hatte sich hinter dem Radio versteckt. Schwacher Trost für den Großvater, der sich verächtlich abwandte und erklärte, daß er unter diesen Umständen lieber auf seinen Wein verzichte. »Dann gehe ich am besten gleich in den Roten Ochsen.« – »Warum fragst du nicht dein Pendel«, schlug Theresia vor. »Eine gute Idee«, sagte Wally. »Du sagst doch immer, daß dieses Ding auf alles, was du wissen willst, eine Antwort hat.« – »Misch dich gefälligst nicht in Sachen ein, von denen du nichts verstehst«, grollte der Großvater. »Aber wie du meinst! Ich kann es ja einmal probieren.« Er griff in die Tasche und zuckte zusammen. »Verdammter Mist! Gestern abend habe ich mein Pendel doch in meine Jackentasche gesteckt, und jetzt …« – »Reg dich nicht auf, mein Lieber«, sagte Wally. »Dein Orakel findet sich schon ganz von selber wieder ein, genau wie der Kor-

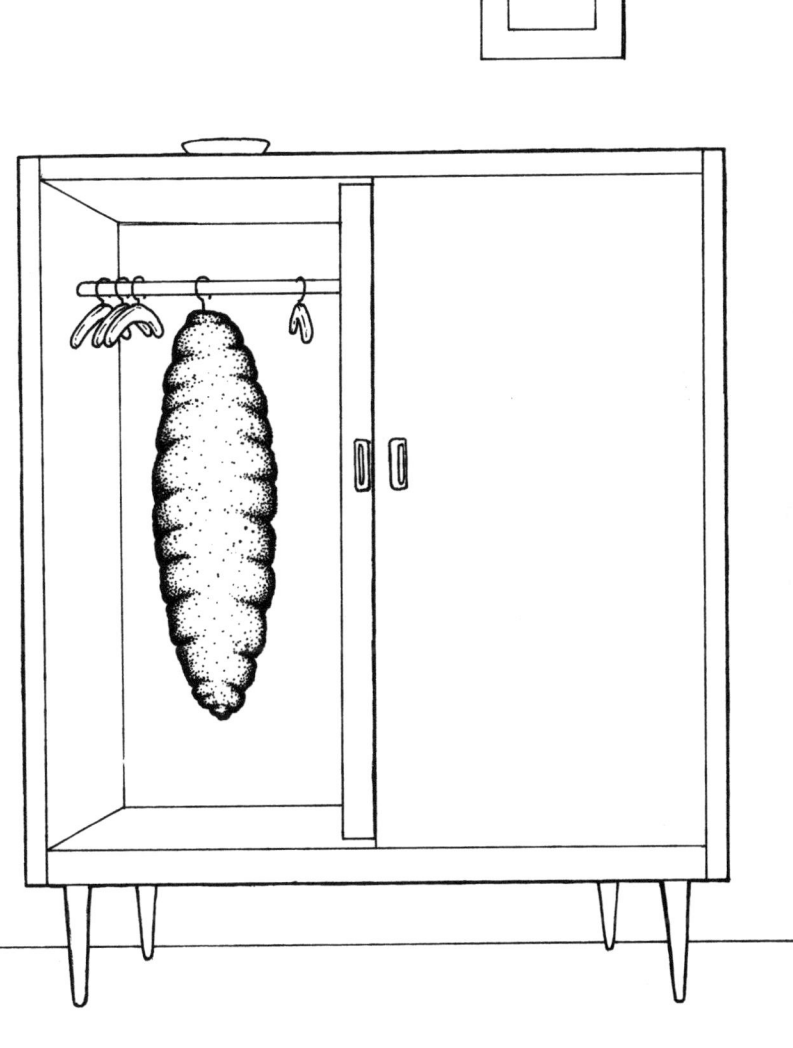

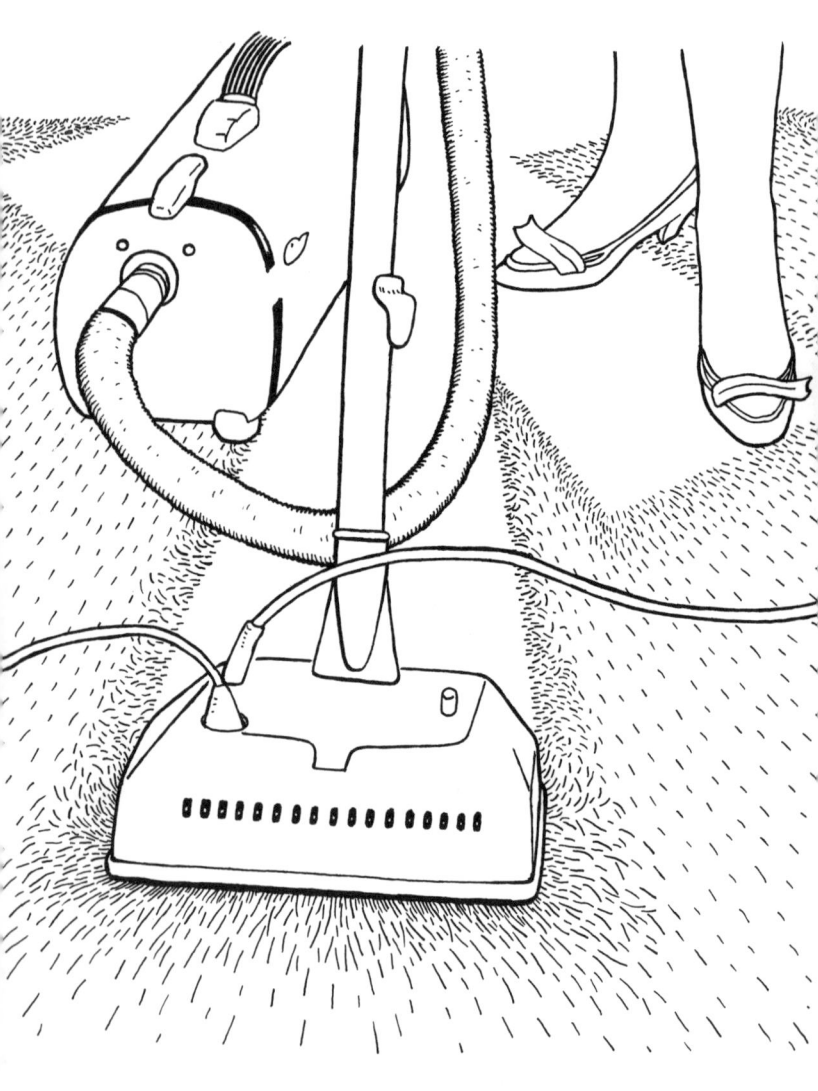

kenzieher. Das Haus verliert nichts.« Selten in ihrem Leben hat sich Theresias Großmutter so geirrt.

Die Dachkammer war kein Ort, den Theresia behaglich fand. Die Tür des schmalen Kleiderschranks in der Ecke ging nachts oft knarrend von selber auf, und es gab andere Geräusche, die ihr verdächtig schienen. Vielleicht war der schwarze Kasten unter ihrem Bett daran schuld. Sie nahm ihren ganzen Mut zusammen, zog den Apparat hervor und lauschte. Nur ein schwaches Ticken war zu hören. Als sie mit der Faust auf ihn einschlug, sprang der blecherne Deckel auf.

Obwohl ihr ein vager Geruch von Mottenpulver in die Nase stieg, machte sie sich daran, den Inhalt genauer zu untersuchen. Was sie vorfand, war ein Wirrwarr von rostigen Drähten, losen Spulen und Kippschaltern. Technische Vorkenntnisse waren nicht nötig, um zu erkennen, daß der Geistheiler nur einen kleinen Müllhaufen zusammengekehrt hatte. Ein Häufchen Mäusedreck tat das übrige, um Theresia von der Harmlosigkeit des Apparats zu überzeugen. Auch die Gefahr, die von den Erdstrahlen drohte, war ihr plötzlich egal. Um so größere Sorgen machte ihr der Geisteszustand ihrer Großmutter.

Sooft sie konnte, floh sie aus der Villa. Sie fand

einen Badesee in der Nähe, und wenn es regnete, lieh sie sich Jakobs großen schwarzen Schirm und lief in die Kleinstadt, wo es ein winziges Kino gab, oder sie las die Zeitschriften, die im Kurcafé auslagen.

IV

Als sie wieder einmal von ihren Ausflügen zurückkam, sagte ihr die gute Anna, daß Großvaters Hut abhanden gekommen war, ein ehrwürdiges Stück, das aussah, als stammte es aus der Stummfilmzeit. »Vielleicht hast du ihn im Roten Ochsen hängen lassen«, meinte die Großmutter. »Unsinn! Ich habe ihn genau da hingelegt, wo er hingehört, auf die Hutablage! Das ist ja zum Verrücktwerden!« Die Anna schwor, sie habe die fesche Kopfbedeckung des Großvaters nicht gesehen, geschweige denn angerührt. Grollend zog sich Jakob in sein Arbeitszimmer zurück. Beim Abendessen, bei dem Wally sich nicht blicken ließ, wurde kein Wort gesprochen.

Zwei Tage später war die Stehlampe neben dem Sofa weg. Jakob verlor die Beherrschung. »Das geht zu weit«, schrie er. »In diesem Haus ist man ja seines Lebens nicht mehr sicher! Nicht genug, daß ihr meinen Korkenzieher und meinen Hut verschlampt. Jetzt fangt ihr auch noch an, die Wohnung auszuräumen!« Seine Frau kannte ihn gut genug, um ihm nicht direkt zu widersprechen. »Ja«, sagte Wally, »das ist unangenehm, aber reg dich bitte nicht auf! Eine Lampe ist schließlich nur eine Lampe. Morgen soll Anna in die Stadt gehen und eine neue kaufen.«

Wenn es dabei geblieben wäre, hätte Jakob sich vielleicht beruhigt. Als er jedoch an einem strahlenden Augusttag wie an jedem Sonntag das Morgenkonzert hören wollte, mußte er feststellen, daß auch das Radio, ein teures Stück mit einem magischen Auge in einem Gehäuse aus geflammter Birke, über Nacht verschwunden war. Nun nahm sein Gesichtsausdruck etwas Gehetztes an. Eine Weile lang irrte er durchs ganze Haus. Dann brach er auf dem Sofa zusammen. »Wally«, sagte er zu seiner Frau, die mit einem Glas Wasser herbeigeeilt war, »das ist kein normales Haus mehr, das ist eine Räuberhöhle. Hier sind verbrecherische Kreaturen am Werk.« – »Aber Jakob, wer soll denn das sein?«

Es traf sich nun allerdings, daß Tante Hulda am Vortag endlich mit ihrem ganzen Gepäck abge-

reist war. »Kommt dir das nicht
komisch vor, Wally?« Diese Frage
fand die Großmutter empörend.
»Ich weiß ja, daß du meine Familie nicht leiden kannst, aber daß
du jetzt auch noch die arme Hulda
verdächtigst, das muß ich mir nicht
gefallen lassen. Ganz abgesehen davon, wie stellst du dir das eigentlich
vor? Ausgerechnet Hulda, dieses
zerbrechliche Geschöpf, mit deinem
riesigen Radio auf dem Rücken,
unterwegs zum Bahnhof? Daß ich
nicht lache! Im übrigen hat meine

Familie so was nicht nötig. Das weißt du ganz
genau. Überhaupt sagst du das nur, um mich zu
ärgern.«
Daraufhin fing Jakob an, öfters mit seinem Inventar in der Hand Kontrollgänge durch das
ganze Haus zu unternehmen. Die großzügige
Unbefangenheit, mit der seine Frau Gegenstände
aller Art überall im Haus ausstreute, erschwerte
ihm allerdings den Überblick, und seinen ener-
gischen Versuchen, sie an ihren richtigen Ort
zurückzubringen, war wenig Erfolg beschieden.
Auch führten seine Bemühungen nicht dazu, daß
sein Korkenzieher, der Borsalino oder der Welt-

34

empfänger wieder auftauchten; und was die neue Lampe betraf, so war und blieb sie ihm ein Dorn im Auge.

Das nächste Objekt seines Mißvergnügens war der ausladende Blumenständer im Wintergarten, angeblich ein Geschenk seines Bruders zur silbernen Hochzeit. »Wo habt ihr den Blumenständer hingeschleppt?« rief er eines Morgens vor dem Frühstück. Keine Antwort, alle sahen betreten vor sich hin. Nun richtete sich sein Verdacht auf die gute Anna. Zwar war nicht recht einzusehen, auf welche Weise und zu welchem Zweck das treue Geschöpf einen so unförmigen Gegenstand hätte entwenden sollen. »Aber irgend jemand«, schäumte der Großvater, »muß es doch gewesen sein!« Anna brach in Tränen aus, und die Großmutter brachte drei Tage damit zu, sie von der Kündigung abzuhalten.

Theresia war froh, als die Ferien endlich zu Ende gingen, denn sie merkte, daß sich die Stimmung im Haus der Großeltern von Tag zu Tag verdüsterte. Als sie am Abend vor der Abreise ihr schönes Köfferchen packen wollte, fragte sie die Großmutter, wo sie es hingebracht hätte. Dort wo es hingehörte, in ihrem Zimmer, war es jedenfalls nicht zu finden. Wieder einmal begann eine Suche, wieder einmal tobte der Großvater, als er da-

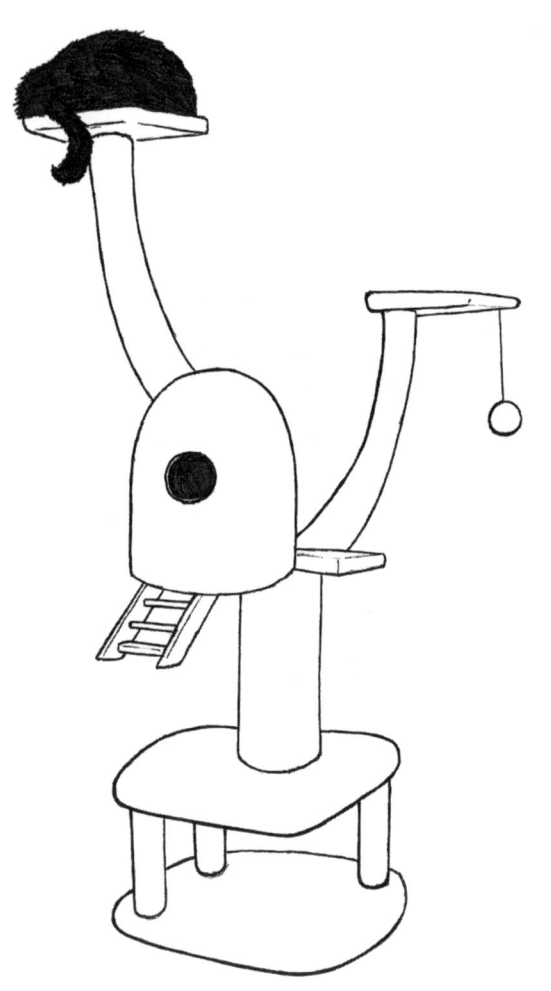

von hörte, wieder einmal war ein unersetzliches Stück heimlich ausgewandert, nur daß es diesmal um Theresias eigenes Hab und Gut ging.

Den Vorschlag der Großmutter, ihr einen alten Pappkoffer zu leihen, lehnte sie wütend ab. »Gib mir lieber eine der Einkaufstüten«, schrie sie, »die du gehortet hast, wenn du sie in eurer vergammelten Villa wiederfindest!« Wally winkte nur ab. Sie war die einzige, die auf die Katastrophen, von denen das Haus heimgesucht wurde, ungerührt reagierte. Großzügig beschenkte sie Theresia mit einer Hutschachtel aus ihrer Jugendzeit, die groß genug war, um ihr Waschzeug, ihre Kleider und ihr Tagebuch aufzunehmen. Am schwersten fiel der Abschied Jakob, der sich nun ganz allein seiner Frau und ihren fatalen Kochkünsten ausgeliefert sah. Die Großmutter ermahnte Theresia, sich vor den Erdstrahlen zu hüten, und ließ die klapprige Isetta aus dem Schuppen holen. Die treue Anna lud die Hutschachtel ein und brachte das Kind zum Bahnhof.

V

Wie sich die Dinge im Allgäu nach ihrer Abreise weiterentwickelten, erfuhr Theresia nur nach und nach. Die Eltern hatten ihre Berichte aus den Ferien zuerst ungläubig aufgenommen. »Daß ein Schirm oder ein Schuhlöffel verschwindet, kann jedem passieren. Aber die Sache mit dem Blumenständer hast du dir sicher nur ausgedacht«, sagte ihr Vater. Auch bezweifelte er, daß seine Schwiegermutter einen Geistheiler engagiert haben sollte, aus panischer Angst vor Erdstrahlen. Theresia war gekränkt. Als sie aber immer wieder auf ihre Erfahrungen in diesem Geisterhaus zurückkam, sagte ihre Mutter: »Es kann doch sein, daß an ihren Geschichten etwas dran ist. Meine Mama hatte ja schon immer einen Sparren.« – »Du glaubst also«, sagte ihr Mann, »wir sollten uns Sorgen um Wally und Jakob machen?« –

»Wir können nicht so tun, als wäre bei den Alten alles im Lot.« Ein paar Tage später rief sie ihre Eltern an, um zu hören, wie sich das Familiendrama im Allgäu entwickelt hatte.

Anna war am Telephon. Sie bestätigte mit versagender Stimme Theresias Erzählungen. »Ich weiß nicht, was in Jakob gefahren ist«, sagte ihre Mutter. »Er war doch immer so ordentlich.« – »Das ist ja das Schlimme«, warf Theresia ein. – Ihr Vater ließ sich die Gelegenheit nicht entgehen, zu

fragen: »Und was ist mit deiner Mama? Von der kann man nicht gerade behaupten, daß sie auf eine gepflegte Umgebung Wert legt. In Wallys Haushalt ist es immer drunter und drüber gegangen.« Diese Unterhaltung kam Theresia nur allzu bekannt vor; denn die Wiederholung ist die Würze aller Familiengeschichten.

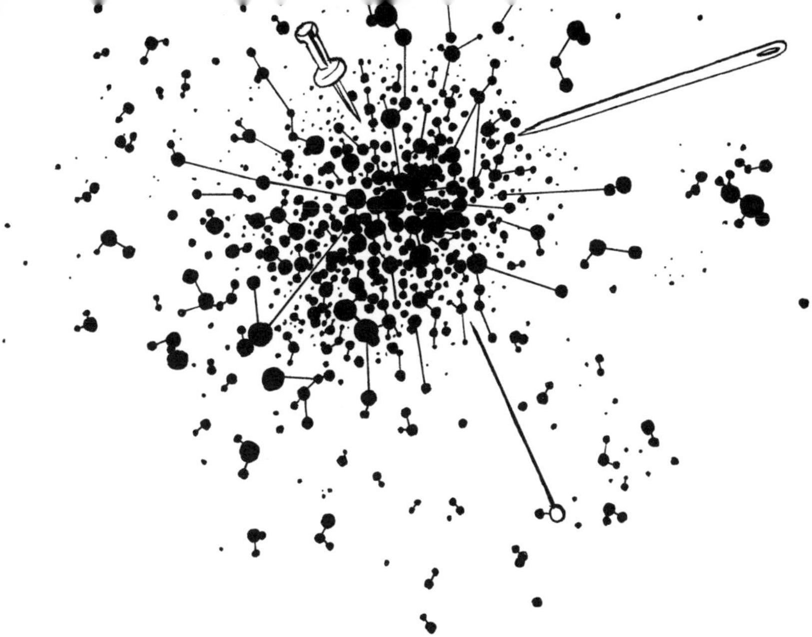

Die Berichte aus dem Allgäu spitzten sich indessen weiter zu. Im Geisterhaus der Großeltern drohten Herausforderungen, gegen die mit Hausmittelchen wie dem Pendeln nichts mehr auszurichten war. Einmal war von einer verschollenen Märchenlampe die Rede. Theresia mußte erklären, worum es sich bei dieser Kostbarkeit handelte. Ein anderes Mal wurde ein schweres Eichenbüffet vermißt, das sich offenbar über Nacht in Luft aufgelöst hatte. Während die Großmutter mit schwererträglicher Gelassenheit auf diese Ereignisse reagierte, entwickelte Jakob angesichts des rätselhaften Schwundes seiner Besitztümer eine Energie, die dem alten Herrn niemand zugetraut hätte. Er mobilisierte die Polizei und gab keine Ruhe, bis die Beamten wochenlang im Haus ein und aus gingen. Die Spurensuche blieb jedoch ergebnislos. Keine fremden Fingerabdrücke, hieß es, alle Schlösser, Türen und Fenster seien intakt. »Na ja«, sagte der deutlich überforderte Streifenbeamte, »so was kann schon mal passieren. Meine Frau hat neulich ihre Lockenwickler verlegt. Große Aufregung, wie immer, wenn sie wieder mal etwas verschusselt hat. Und was soll ich Ihnen sagen, nach ein paar Tagen sind sie wiederaufgetaucht, und wissen Sie wo? Im Wäschekorb!«

44

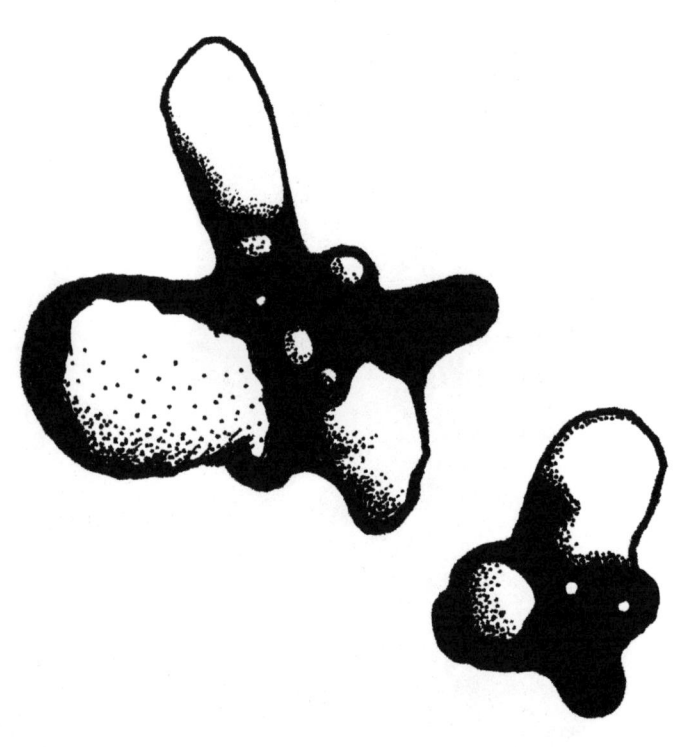

Wer glaubt, daß sich Theresias Großvater mit dieser Erklärung zufriedengegeben hätte, der kennt ihn schlecht. Jakob forderte, daß sich der Kommissar persönlich herbemühte. Nachdem er den Fall untersucht hatte, soll er, wie Jakob empört berichtete, gegrummelt haben, nach Lage der Dinge könne nur ein Hausbewohner der Schuldige sein, weil keine Einbruchsspuren zu finden waren. »Eine Provokation«, schrie Jakob am Telephon Theresias Mutter ins Ohr. »Lockenwickler! Hier geht es um ein Verbrechen im großen Stil! Und wen verdächtigt die Polizei? Nicht den Dieb, sondern das Opfer!« Ein paar Wochen vergingen. Ein Dutzend Servietten und die Smaragdbrosche meiner Großmutter, ein unersetzliches Erbstück, folgten dem Eichenbüffet und Theresias Köfferchen auf dem Weg ins Namenlose, und die polizeilichen Ermittlungen wurden eingestellt. Eine Dienstaufsichtsbeschwerde, die Jakob erhob, blieb erfolglos.

Aber Theresias Großvater gab sich nicht geschlagen. Entschlossen erklärte er nun seiner Versicherung den Krieg. Mit Hilfe seines Inventars, das er gerettet hatte, setzte er penible Verlustlisten auf, in denen auch vermißte Kopierstifte und Salzlöffelchen verzeichnet waren, und forderte Schadenersatz für alles, was ein schweres Schicksal

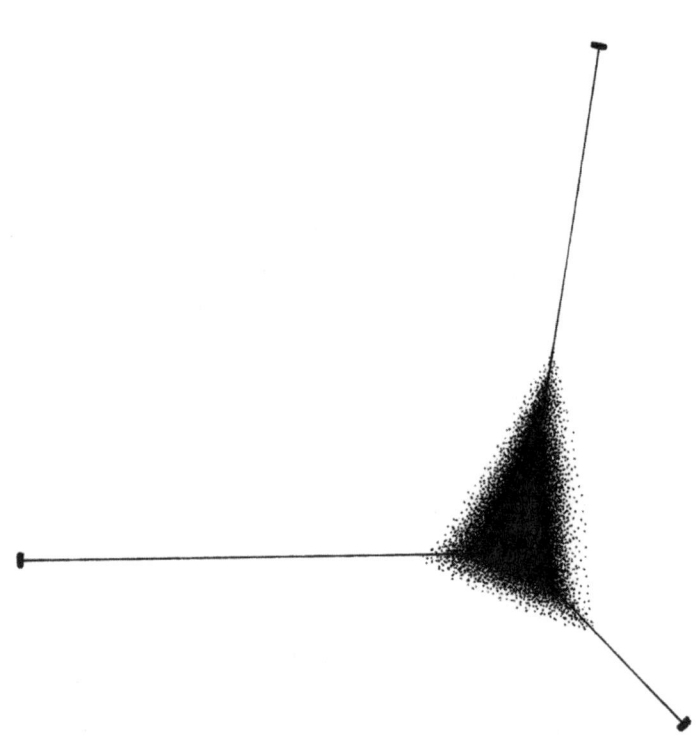

ihm entrissen hatte. Die Versicherung berief sich
auf die Auskünfte der Polizei, die der Großvater
mit der Bemerkung vom Tisch wischte, daß die
Beamten sich als völlig unfähig erwiesen hätten.
Er kam zu dem Schluß, daß hier ohne die Hilfe
eines versierten Anwalts nichts auszurichten war.
Dabei dachte er zunächst an seinen alten Freund
Dr Schönhuber. Der war Notar, kannte sich je-

doch nur im Familien- und im Erbrecht aus und verwies Jakob an einen Kollegen, der auf Querulanten spezialisiert war.

Es kam zu einer endlosen Serie von Prozessen, die zu Jakobs Hauptbeschäftigung wurden. Theresias Vater machte sich lustig über Jakobs Kampf und sagte, die Anwälte würden ihm den letzten Heller aus der Tasche ziehen. Er behauptete sogar, sein Schwiegervater sei schon immer ein Rechthaber, ein Geheimniskrämer und ein abergläubischer Spinner gewesen. Seine Frau widersprach ihm heftig und warf mit den Türen. Theresia aber langweilte die ganze Geschichte. Sie wollte nichts mehr davon hören und ging lieber ins Kino.

Übrigens schien die unheilvolle Energie, mit der große und kleine Gegenstände aus dem Haus die Flucht ergriffen, allmählich nachzulassen. Man hörte nur noch selten von einer Sauciere oder von einem Tranchiermesser, die sich aus dem Staub gemacht hatten. Bis Jakob eines Tages einen Schlüssel vermißte, den er stets an der Kette seiner Taschenuhr bei sich trug. Wieder wurde das ganze Haus auf den Kopf gestellt. Sogar Wally, die bisher immer die Ruhe selbst gewesen war, bekam es nun mit der Angst zu tun. »Wenn er so weitermacht«, berichtete sie am Telephon, »dann fällt er demnächst tot um. Ihr habt meinen

Schlüssel versteckt, schreit er und läuft rot an. – Den schleppst du doch immer mit dir herum, wo du gehst und stehst, habe ich gesagt, und jetzt soll er auf einmal weg sein? – Tu nicht so, als wüßtest du nicht, wovon ich rede! Du bist durchschaut! – Da habe ich lieber den Mund gehalten, und er, er hat sich einfach ins Bett gelegt, vor dem Abendessen. Das sieht ihm gar nicht ähnlich!«

Die Sorgen, die sich Theresas Großmutter um Jakob machte, waren nur allzu berechtigt; denn die Sache mit dem Schlüssel hatte ihm den Rest gegeben. Dieser Strapaze zeigte sich sein schwaches Herz nicht mehr gewachsen. Anna fand ihn an seinem Schreibtisch mit dem Kopierstift in der kalten Hand; sein Kopf war auf das schwarze Notizbuch mit dem Inventar gesunken.

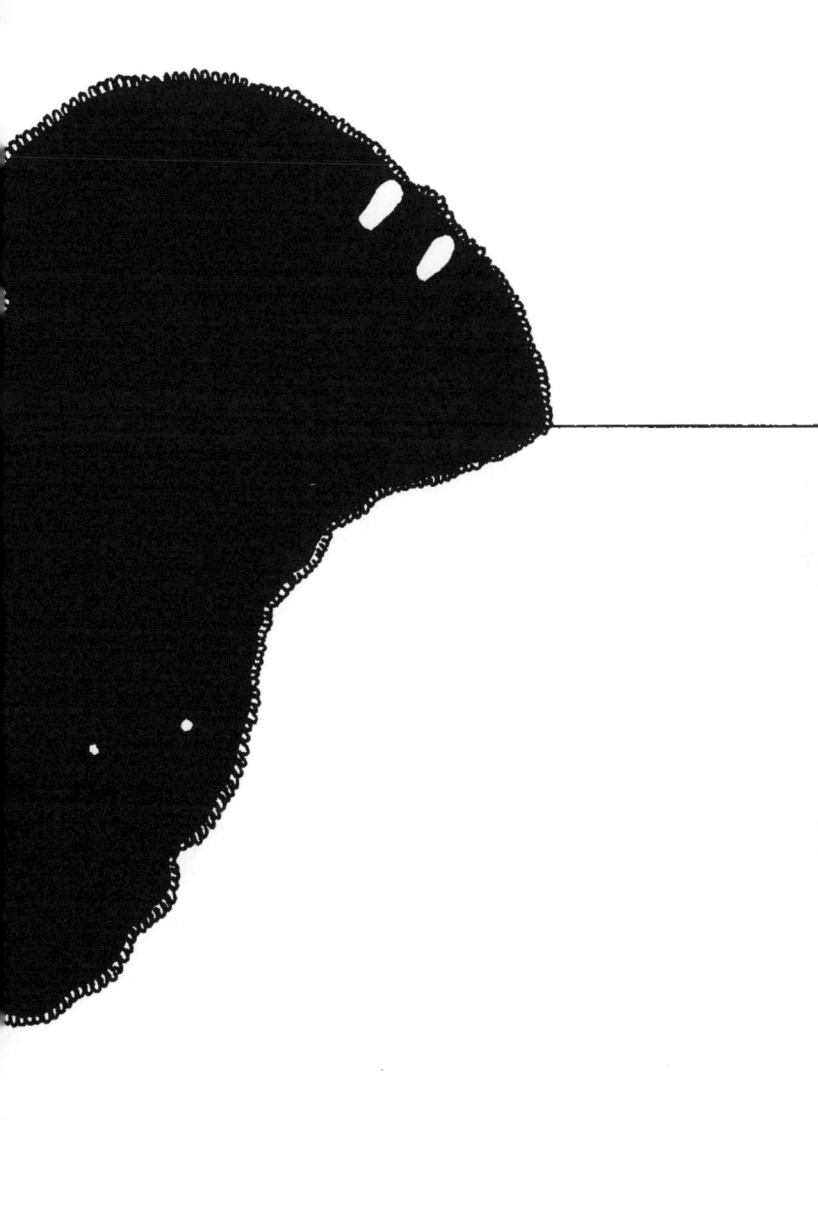

VI

Zur Beerdigung des alten Herrn reiste die ganze
Familie an, auch einige Vettern, die nie zuvor zu
Besuch gekommen waren. Für Theresia mußten
ein schwarzer Rock, der ihr gar nicht gefiel, und
ein dunkler Mantel beschafft werden. An der
Hand ihrer Eltern stand sie vor dem Grab. Wie
es sich bei einem solchen Anlaß gehört, regnete
es in Strömen. Anna weinte. Tante Hulda hatte
Strohblumen mitgebracht, weil die, wie sie sagte,
länger hielten. Aus der Predigt des Pfarrers, die
sich in die Länge zog, erfuhr Theresia endlich,
was ihr Großvater vor seinem Ruhestand getan
hatte. Er war ein gefürchteter Oberschulrat gewesen und hatte in den Gymnasien des Regierungs-
bezirks für Ordnung gesorgt.

Der Pfarrer behauptete, Jakob hätte die schweren Prüfungen, die ihm im Alter auferlegt wurden, mit christlicher Geduld ertragen. Die Großmutter verbiß sich ein Lächeln, als sie das hörte. Beim Leichenschmaus im Roten Ochsen zeigte sie sich sehr aufgeräumt, obwohl sie sich mit einer Bärlauchsuppe und einem Brennesseltee begnügte. Den Verlust ihres Mannes nahm sie mit der gleichen Gemütsruhe hin, mit der sie das plötzliche Verschwinden ihrer Smaragdbrosche quittiert hatte. Alle Anwesenden waren erleichtert, als Kaffee und Kuchen serviert wurden.

Am nächsten Tag mußte die Familie beim Notar zur Testamentseröffnung antreten. Theresias Eltern schlugen ihren Anteil an der Erbschaft aus. Ihr Vater sagte, wenn etwas übrigblieb, sollte das Geld Theresia zugute kommen. Als sie fragte, ob es dabei um ihre Apanage ginge, kicherte der Notar. »Ja, so hat sich dein Großvater immer ausgedrückt. Aber keine Sorge! Sobald du volljährig bist, gibt es Geld auf die Hand.« Tante Hulda hörte mit versteinerter Miene zu, als der Notar ihr eröffnete, daß Jakob ihr nur das unauffindbare Eichenbüffet zugedacht hatte. Auch Anna hatte der Großvater nicht vergessen; ein paar Pfandbriefe, die er heimlich bei Dr Schönhuber hinterlegt hatte, sollten ihr ausgehändigt werden. Alle anderen Trauergäste gingen leer aus.

Keine Überraschung war es, daß Wally die Villa und alles erbte, was vom Hausstand nach den Verheerungen der letzten Jahre übriggeblieben war. Kurz darauf bezog sie, von der treuen Anna umsorgt, ein komfortables Altersheim an der österreichischen Grenze. Sie durfte dort auch ihren Spirituskocher mitbringen, der ihr erlaubte, an ihrer eigentümlichen Diät festzuhalten, die den anderen Heimbewohnern fremd war. Auch erhob niemand einen Einwand, als sie darauf bestand, den Apparat, der sie vor den Erdstrahlen schützte, unter ihr Bett zu legen.

Ein Jahr später, als sie zufällig in der Nähe war, beschloß Theresia, ihre Großmutter zu besuchen. Sie wollte auch sehen, wie es der guten Anna ging. Die Wohnung war geräumig, aber auf Wallys Biedermeier-Schreibtischchen herrschte das gewohnte Durcheinander von leeren Pillenschachteln, angebissenen Birnen, Souvenirs und ungeöffneten Rechnungen. Den Kräutertee, den die Großmutter ihr anbot, schluckte Theresia brav hinunter. Erst als Anna den verdächtigen Brei hinstellte, von dem Wally behauptete, sie habe ihm ihre tadellose Gesundheit zu verdanken, erklärte Theresia, sie sei nicht hungrig.

Merkwürdig war nur, daß sie keine Angst mehr vor Wally hatte, die sich nun so munter und gesprächig zeigte.

»Was ist eigentlich aus eurem Geisterhaus geworden?« fragte sie. »Ich bin froh, daß ich es los bin«, sagte die Großmutter. »Dem alten Plunder weine ich keine Träne nach.« – »Und Jakob? Ver-

mißt du ihn sehr?« – »Fünfzig Jahre habe ich es
mit ihm ausgehalten, meine Liebe, und das hat
gereicht.«
Am Ende erfuhr Theresia, daß sie die Villa an ein
Hamburger Ehepaar vermietet hatte. »Das sind
ganz vernünftige Leute, nur daß sie sich unbe-
dingt die Knochen brechen wollen. Jeden Winter
kommen sie her zum Skifahren, und wenn ihnen
was passiert, dann heißt es, ab mit ihnen in die
Klinik. Dort lassen sie sich wieder zusammenflik-
ken, dann gehen sie in ihre Reha, und am Ende
fahren sie ganz zufrieden wieder zurück nach
Blankenese. Ich glaube, sie zahlen pünktlich ihre
Miete. Darum muß ich mich nicht kümmern;
denn Anna paßt auf solche Dinge auf.« Theresia
merkte, daß sie anfing, ihre Großmutter zu mö-
gen. »Es gibt noch etwas, wonach ich dich fragen
wollte. Was ist mit den verschwundenen Sachen,
über die sich Jakob so aufgeregt hat? Weißt du, wo
die geblieben sind?« – »Das ist doch ganz egal«,
sagte Wally. »Ich brauche keine Smaragdbroschen
mehr.« – »Und wie war das mit dem Schlüssel,
den ihr überall gesucht habt und der dran schuld
war, daß Jakob so plötzlich gestorben ist?« –»Ja,
das war ärgerlich. Er hat sich eingebildet, daß wir
ihn versteckt hätten. So ein Unsinn! Es war der
Schlüssel zu dem Geheimfach in   seinem alten

Schreibtisch. Ich wußte natürlich längst Bescheid, was es damit auf sich hatte. Er hatte dort seine Pfandbriefe und ein paar alte Schweizer Aktien aufbewahrt, eine Erbschaft aus den zwanziger Jahren. Keine Ahnung, was sie wert waren. Vielleicht ein paar Millionen. Er wollte bloß nicht zugeben, daß er reich war. Daher seine Geheimniskrämerei. Wenn der Schlüssel weg ist, sagte ich, dann hol doch einen Fachmann her oder einen Einbrecher, damit er das Geheimfach aufbricht. – Das hat gerade noch gefehlt, schrie er, daß ich mir die Räuber selber ins Haus hole, nach allem, was hier passiert ist. – Der arme Jakob! Er hat sich solche Kleinigkeiten sehr zu Herzen genommen.«

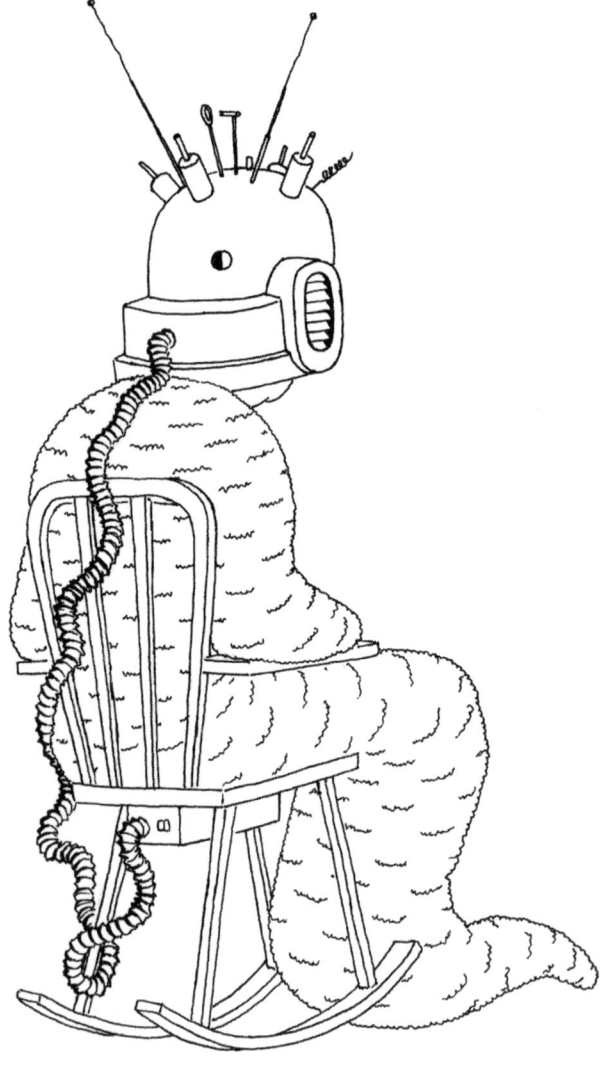

VII

Jahre später stand bei Theresias Eltern ein Telegrammbote vor der Tür. Ja, damals gab es noch echte Telegramme! »WALLY LETZTE NACHT IM SCHLAF VERSCHIEDEN STOP ANNA«. Theresia war froh, daß sie damals ihre Großmutter noch einmal besucht hatte. Es überraschte sie nicht, daß Wally ihrer Dienerin die Wohnung im Altersheim und ihre gesamten Habseligkeiten vermacht hatte. »Und was ist mit den Möbeln?« fragte Theresias Mutter. Vielleicht war sie verärgert darüber, daß Wally sie nicht bedacht hatte. »Ein paar Andenken«, sagte sie, »hätte mir Mama schon hinterlassen können.« – »Das ist doch kein Wunder! Du hast dich in den letzten Jahren nie um sie gekümmert«, wandte Theresia ein. Sie wußte, daß es besser war, das Thema zu wechseln.

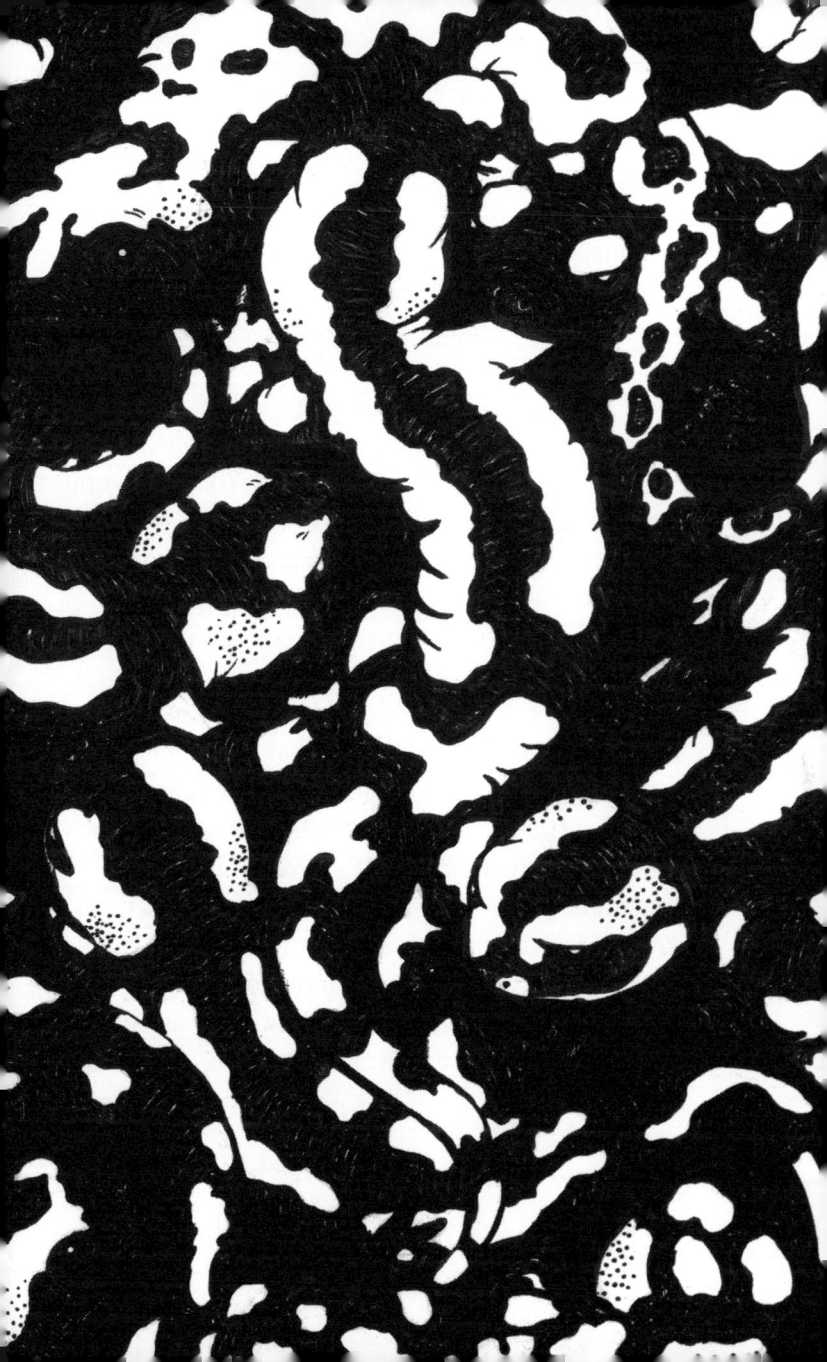

Kurz vor dem Abitur, das sie zur allgemeinen
Überraschung mit Glanz bestehen sollte, erfuhr
Theresia, daß die Villa ihrer Großeltern in einer
stürmischen Septembernacht bis auf die Grund-
mauern abgebrannt war. Glücklicherweise war
niemand zu Schaden gekommen. Wie immer zu
dieser Jahreszeit war das Haus leer gestanden;
denn solange kein Schnee lag, sahen die Hamburger Mieter keinen Grund, in die Berge zu fahren. Die Feuerwehr war zu spät gekommen, und
das Löschwasser hatte ganze Arbeit verrichtet,
so daß von dem alten Geisterhaus nur noch ein
Trümmerhaufen übriggeblieben war. Die Polizei
konnte nichts feststellen, was auf Fremdeinwir-
kung oder Brandstiftung hingedeutet hätte. Vielleicht war ein Kurzschluß oder ein Kabelbrand
an dem Unglück schuld. Diesmal blieb der Versicherung nichts anderes übrig, als zu zahlen. Das
war gut für Theresia. Sie wollte nämlich nach
dem Abitur in England studieren, und mit ihrer
»Apanage« war es, wie Dr Schönhuber ihr zu ver-
stehen gab, nicht weit her. Gut, daß wenigstens
die Feuerversicherung eine stattliche Summe ein-
brachte; denn damit konnte sie die entsetzlichen
Beträge aufbringen, die das Studium in St. An-
drews kostete.

Ausgerechnet am Tag vor ihrem 18. Geburtstag klingelte es an der Tür der kleinen Neuköllner Wohnung, in der sie sich nach dem Abitur häuslich eingerichtet hatte. Sie erkannte die Besucher, die sich nicht angemeldet hatten, erst auf den zweiten Blick. Vergeblich versuchte sie sich an den Namen des Hamburger Ehepaars zu erinnern, das vor dem Brand das Haus der Großeltern gemietet hatte. Der Mann war Kieferorthopäde von Beruf, und sie sah wie eine Waldorf-Lehrerin aus; mit einem Wort, es waren solide, kreuzbrave Leute. »Entschuldigen Sie die Störung«, sagte die Frau, »aber wir waren zufällig ganz in der Nähe, und ich wollte Ihnen etwas mitbringen.« Theresia bat sie herein und bot ihnen einen Tee an, aber sie wollten sich gar nicht erst hinsetzen. Umständlich wickelte die Frau ihr Paket aus. Theresia traute ihren Augen nicht, was da zum Vorschein kam: der angekokelte Rest eines Lederkoffers und ein Pendel, das ihr bekannt vorkam. »Das hat die Feuerwehr unter den Trümmern des Hauses gefunden«, sagte der Mann, »und wir vermuten, daß diese Sachen aus dem Nachlaß Ihres Großvaters stammen. Uns gehören sie jedenfalls nicht.« – »Ja«, stammelte Theresia, »sicher ... Das ist ja unglaublich! Nach so langer Zeit ... Wirklich sehr freundlich von Ihnen ...

Ich weiß nicht, wie ich Ihnen danken soll.« Sie muß wohl einen ziemlich verlegenen Eindruck auf die Besucher gemacht haben, denn die beiden verabschiedeten sich bald.

Theresia machte sich daran, ihren alten Koffer genauer zu untersuchen. Auf dem Boden lag, eingewickelt in eine Serviette, ein spitzer Gegenstand. Es war das Gewinde des Korkenziehers, mit dem das Verhängnis begonnen hatte. Theresia erinnerte sich an die verzweifelte Suche nach diesem wertvollen Stück. Nur von dem antiken Mahagony-Griff war nichts übriggeblieben. Außerdem fand sie in einer Seitentasche einen zerfledderten Glacéhandschuh. Als sie ihn schüttelte, fiel ein zierlicher Schlüssel mit vielen Zacken zu

Boden. Nur das Geheimfach im Schreibtisch war leider der Feuersbrunst zum Opfer gefallen. Aber das war Theresia egal.

VIII

»Du weißt ja, daß ich mich für Aktien nicht in-
teressiere«, erklärte sie ihrem Freund Jonas, der
am selben Abend vorbeikam. »Wie viele Leute
hast du denn zu deiner Geburtstagsparty eingela-
den?« fragte er. »Viel zu viele, wie immer«, sagte
Theresia. »Ich weiß gar nicht, ob die Stühle und
die Gläser reichen werden. Aber Wein ist genug
da, ein trockener, leicht mineralischer Sancerre.
Die Flaschen habe ich schon kaltgestellt. Willst du
ihn probieren?« – »Nein danke. Ich muß gleich
wieder weg. Aber ich habe dir ein Geschenk mitgebracht. Nichts Berauschendes, aber vielleicht
kannst du es brauchen. Du darfst die Schachtel
aber erst morgen früh aufmachen. Bis morgen
abend also!« rief Jonas und verschwand. Theresia
beugte sich seufzend über ihre Gästeliste. Acht-

unddreißig Bekannte hatten zugesagt, aber man konnte nie wissen, wie viele andere sie mitbringen würden. Sie konnte lange nicht einschlafen, weil ihr allerhand Kindheitserinnerungen durch den Kopf gingen.

Den Morgen ihres Geburtstags brachte sie damit zu, in einem riesigen Topf Chili con carne aufzusetzen und ihre zusammengewürfelten Wein-, Sekt- und Wassergläser zu zählen. Dabei fiel ihr das Geschenk ihres Freundes in die Hände. Sie wickelte die Schachtel aus und öffnete sie. Auf den ersten Blick war nicht klar, was es mit der stählern glitzernden Konstruktion auf sich hatte. Sie nahm den Zettel zu Hilfe, der in der Schachtel lag, und studierte die Strichzeichnungen.

»Dieser patentierte Korkenzieher«, las sie, »ist eine bahnbrechende neue Erfindung.«

Gut, sagte sich Theresia, daß Jonas daran gedacht hat; sonst wäre ich heute abend ohne Korkenzieher dagestanden. Sie las weiter im Text. »Das innovative Gerät weist ein Gehäuse (A) und zwei mit diesem lösbar verbundene Lappen (B und C) auf. Diese bilden beim Nachuntenschieben des Korkenziehers über den Kragen einer Flasche (D) einen Schnappverschluß. Zu diesem Zweck sind an den unteren Enden der Lappen Ansätze (E bis L) vorhanden. Ein auf einen Haltezapfen des

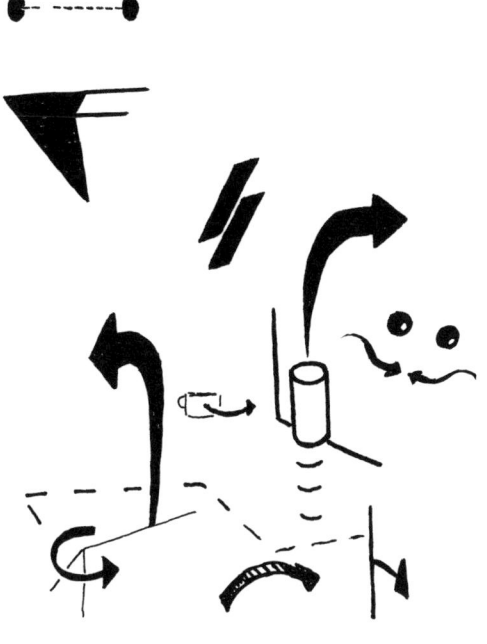

Korkenziehers aufgesetztes Drehteil (M) ist mit einer Spirale (N) verbunden. Durch Drehen des Drehteils wird der Korken aus dem Flaschenhals nach oben gezogen. Zwei im Gehäuse angeordnete Haltekanten (O und P) verhindern, daß sich der Korken dreht. Der Korkenzieher eignet sich zum Herausziehen von Korken an Flaschen mit unterschiedlichen Kragengrößen. Die Auflage des Gehäuseunterteils bleibt immer gerade auf der Flasche, und die Lappen zentrieren die Flasche

71

unabhängig von der Kragengröße immer in der Mitte zum optimalen Ansetzen der Spirale.«

Sie holte eine offene Flasche aus dem Kühlschrank, weil sie sich dieser Prosa nicht ganz gewachsen fühlte. Nach einem guten Schluck war sie soweit, einen neuen Versuch zu wagen. Das Gerät erwies sich als äußerst widerspenstig, aber Theresia ließ nicht ab, bis ein vernehmliches *Pflop!* ihre Bemühungen krönte. Sie konnte ihrer Rolle als Gastgeberin gefaßt entgegensehen.

Pünktlich läuteten die ersten Gratulanten. Bald bildete sich im Treppenhaus eine Gästeschlange. Umarmungen, Freudenrufe, kleine Päckchen, die sich auf dem Gabentisch stapelten. Jonas machte sich an der Musikanlage zu schaffen. Theresia schüttelte ihre Bewunderer ab und rief: »Was wollt ihr trinken? Weißwein? Der Sancerre steht hier auf der Kommode.«

Sie sah sich nach dem Korkenzieher um, mit dem sie so erfolgreich hantiert hatte. Vor ein paar Stunden war er doch noch da gewesen, wo sie ihn hingelegt hatte. Aber er lag nicht auf dem Küchentisch. Er lag auch nicht auf dem Herd, nicht auf dem Schlüsselbrett, nicht auf der Kommode, nicht im Papierkorb. Er lag nirgends.

Wie oft hatte Theresia sich über ihren Großvater lustig gemacht! Ja, er war ein Eigenbrötler gewesen, ein Pendler und ein Querulant, und seine Wally hatte sich vor den Erdstrahlen gefürchtet. Aber sie hatten beide nicht ganz unrecht gehabt. Kein Wunder, daß sie manchmal die Beherrschung verloren. Denn manches, was einem zustieß, war, wie Jakob zu sagen pflegte, zum Verrücktwerden. Jetzt gilt es, kühles Blut zu bewahren, beschloß Theresia und fragte in die Runde: »Hat jemand von euch vielleicht zufällig einen Korkenzieher zur Hand?«

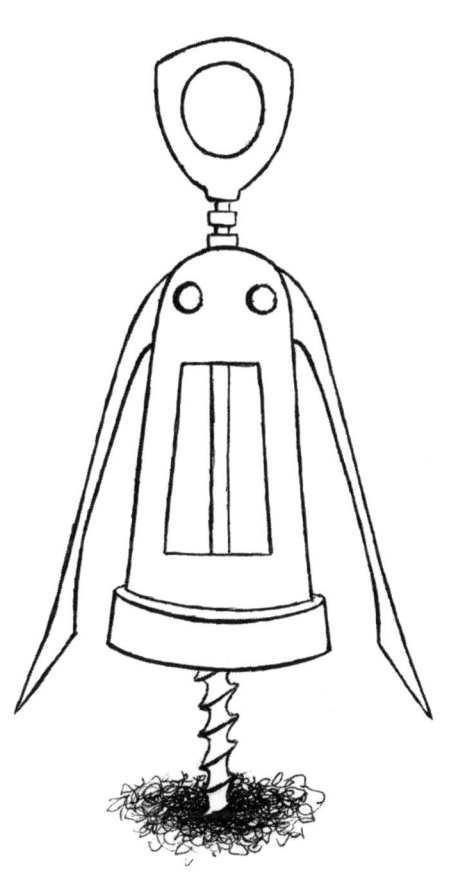

Erste Auflage 2014
© Insel Verlag Berlin 2014
Alle Rechte vorbehalten, insbesondere das der Übersetzung, des öffentlichen Vortrags sowie der Übertragung durch Rundfunk und Fernsehen, auch einzelner Teile. Kein Teil des Werkes darf in irgendeiner Form (durch Fotografie, Mikrofilm oder andere Verfahren) ohne schriftliche Genehmigung des Verlages reproduziert oder unter Verwendung elektronischer Systeme verarbeitet, vervielfältigt oder verbreitet werden. Bezugspapier: Jonathan Penca, Frankfurt am Main. Gesetzt in der Schrift Aldus. Gedruckt auf holzfreies Papier der Firma Cordier, Bad Dürkheim, von Druckhaus Nomos, Sinzheim. Gebunden in Fadenheftung von der Buchbinderei Spinner, Ottersweier.
Printed in Germany
ISBN 978-3-458-19398-2